SILBA POR WILLIE

También de Ezra Jack Keats

UN DÍA DE NIEVE

EZRA JACK KEATS

SILBA

POR WILLIE

VIKING
Published by the Penguin Group
Viking Penguin, a division of Penguin Books USA Inc.,
375 Hudson Street, New York, New York 10014, U.S.A.
Penguin Books Ltd, 27 Wrights Lane, London W8 5TZ, England
Penguin Books Australia Ltd, Ringwood, Victoria, Australia
Penguin Books Canada Ltd, 10 Alcorn Avenue, Toronto, Ontario, Canada M4V 3B2
Penguin Books (N.Z.) Ltd, 182–190 Wairau Road, Auckland 10, New Zealand

Penguin Books Ltd, Registered Offices: Harmondsworth, Middlesex, England

Whistle for Willie first published in 1964 by The Viking Press
This translation published in 1992 by Viking Penguin,
a division of Penguin Books USA Inc.

1 3 5 7 9 10 8 6 4 2

Library of Congress Cataloging-in-Publication Data
Keats, Ezra Jack. [Whistle for Willie. Spanish]
Silba por Willie / by Ezra Jack Keats. p. cm Translation of: Whistle for Willie.
Summary: Willie longs to be able to whistle for his dog and makes many ingenious attempts.
ISBN 0-670-84395-4
[1. Whistling—Fiction. 2. Afro-Americans—Fiction.
3. Dogs—Fiction. 4. Spanish language materials.] I. Title.
PZ73.K354 1992 [E]—dc20 91-28861 CIP AC

Printed in U.S.A.
Set in 20 point Bembo

PARA ANN

¡Oh, Peter quería tanto poder silbar!

Vio a un niño jugando con su perro.
Cuando el niño silbaba,
el perro corría hacia él.

Peter trató de silbar una y otra vez,
pero no podía.
Entonces, comenzó a dar vueltas—
y dio vueltas y más vueltas . . .
rápido y más rápido. . . .

Cuando se detuvo,
todo a su alrededor daba vueltas,
hacia abajo . . .
y hacia arriba . . .

y hacia arriba . . .
y hacia abajo . . .
y giraba
y giraba.

Peter vio que su perro, Willie, se acercaba. Como un relámpago, se escondió en una caja vacía que estaba en la acera.

"¿No sería gracioso si silbara?", pensó Peter.
"Willie se detendría y miraría a su alrededor para ver quién es".

Peter trató de silbar nuevamente—
pero todavía no podía.
De manera que Willie siguió caminando.

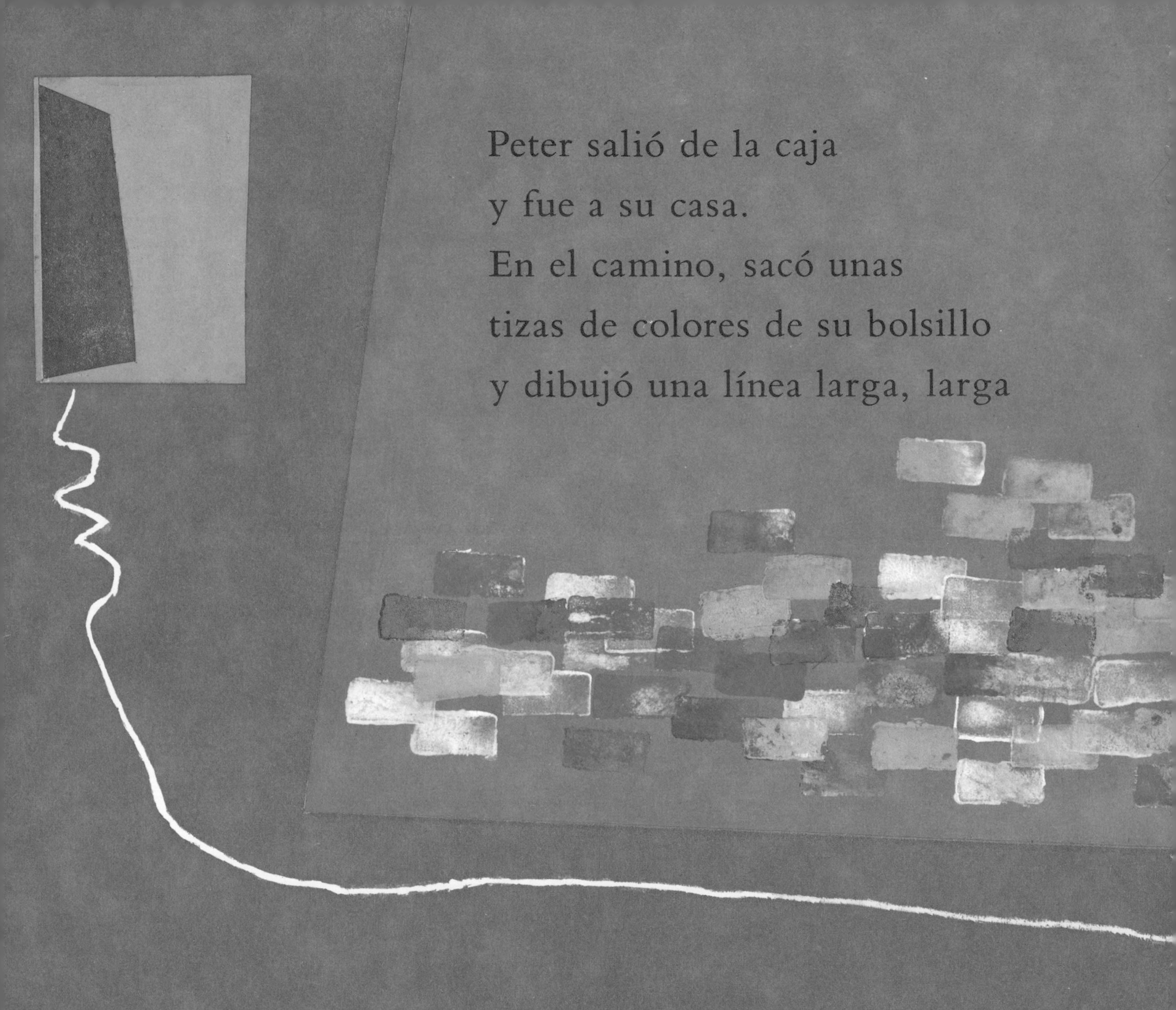

Peter salió de la caja
y fue a su casa.
En el camino, sacó unas
tizas de colores de su bolsillo
y dibujó una línea larga, larga

6

hasta la puerta de su casa.
Allí se detuvo y trató de silbar otra vez.
Sopló hasta que sus mejillas se cansaron.
Pero no pasó nada.

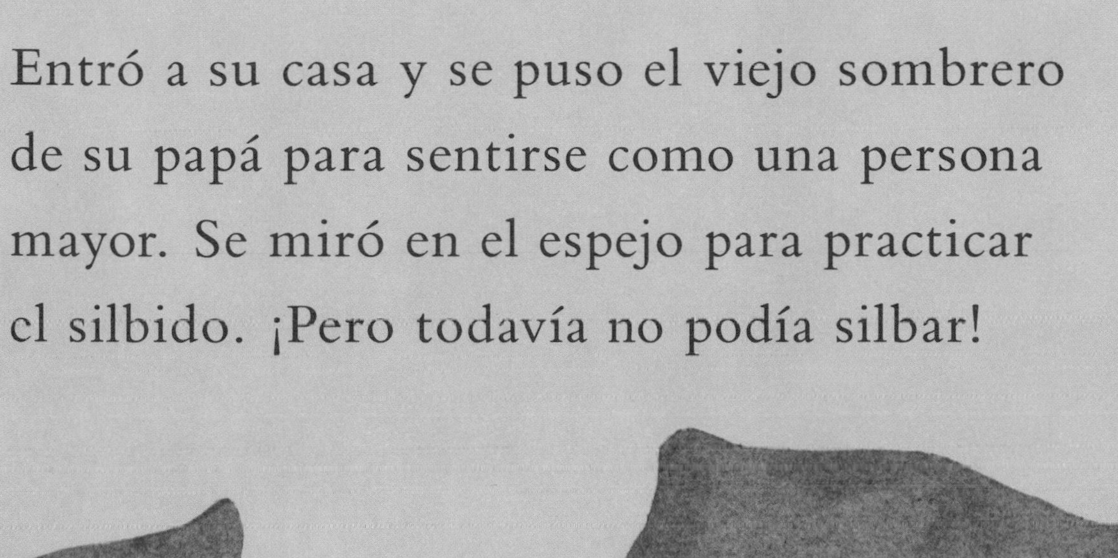

Entró a su casa y se puso el viejo sombrero de su papá para sentirse como una persona mayor. Se miró en el espejo para practicar el silbido. ¡Pero todavía no podía silbar!

Al ver que su mamá lo estaba mirando,
Peter fingió que era su papá. Dijo: —Hoy he
regresado a casa temprano, querida. ¿Está Peter aquí?

Su mamá contestó:

—No, está afuera con Willie.

—Bien, voy a salir a buscarlos—, dijo Peter.

CAT
ME

Primero caminó a lo largo de una grieta en la acera.
Luego trató de escaparse de su sombra.

Saltó alejándose de su sombra.

Pero cuando cayó,

estaban

juntos

otra

vez.

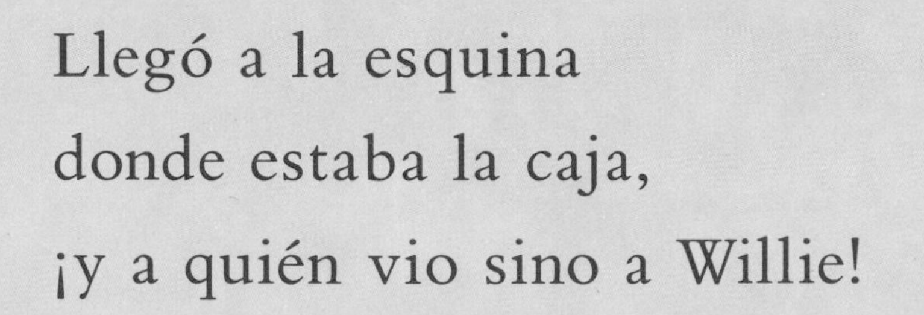

Llegó a la esquina
donde estaba la caja,
¡y a quién vio sino a Willie!

Peter se escurrió debajo de la caja.

Sopló y sopló y sopló.

Y de repente—¡salió un silbido de verdad!

Willie se detuvo y miró a su alrededor
para ver quién era.

—Soy yo—, gritó Peter, y se levantó.
Willie corrió rápidamente hacia él.

Peter corrió hacia la casa para mostrar a su papá
y a su mamá lo que había aprendido. A ellos
les encantó el silbido de Peter. Y a Willie también.

La mamá de Peter le pidió que fuera con Willie a hacer un mandado al mercado.

Peter silbó durante todo el camino al mercado, y
también silbó durante todo el camino de regreso a su casa.

Wallingford Public Library
Wallingford, CT 06492
A2170 470664 5